AF280109

Hettenbach – Glasscherben-Viertel oder Szenequartier

Augsburg (vielleicht) multikultigster Stadtteile

Wo liegt jetzt Hettenbach?

Es liegt in Oberhausen-Süd (Näheres im Buch)

© Klang & Bilder   www.sonimages.de

Grafik + Bilder   >>Werner Mittelbach
                     Mundmaler
                     www.mundstatthand.de
                     >>Jean-René Reyma

Texte   Gustl Mair

Verlag: BoD · Books on Demand
                     GmbH, In de Tarpen 42,
                     22848 Norderstedt,
                     bod@bod.de

Druck: Libri Plureos GmbH,
                     Friedensallee 273, 22763
                     Hamburg

ISBN Nr.Buch   978-3-7693-1692-6
ISBN Nr.eBook   9783769365399

Dank

Mein Gott! Wo fängt man da an und wo hört man auf?
Also sage ich nichts!

Ja, mei'! Wo fangsch' do a' und wo heart ma' do' auf? Also sag' i' nix!

Essay und Prolog

„Essay" verleiht dem alltäglichen Wort „Aufsatz" einen würdigeren, bedeutsameren Klang. Ebenso verhilft der Ausdruck „Prolog" dem eher schlichten Begriff „Vorwort" erst den anschließenden Erzählungen zu fast literarischer Größe. Vorausgesetzt natürlich – man glaubt es …

Prolog 1 = Mensch - verfasst von Gustl Mair

Fragt man Autoren, ob sie sich beim Schreiben an Marketingfaktoren wie z.B. Zielgruppen – genauer die Anzahl potenzieller Leser und vielleicht sogar Buchkäufer – orientieren, hört man meist ein klares „Nein". Schlimmer noch – manche der künftigen Lesergruppen sind schon absehbar klein und versprechen damit keinen wirtschaftlichen Erfolg für ein Buch. Solche Autoren müssen nach menschlichem Ermessen entweder verrückt sein oder lieben ihr Schreibthema ganz besonders. So wie vielleicht der Schreiberling Gustl Mair, der über den Augsburger Stadtteil Hettenbach schreibt. Er weiß aus der Statistik, dass von knapp zwei Millionen bayerischer Schwaben diejenigen im Alter zwischen 18 und 65 Jahre ungefähr 1,17 Millionen Menschen ausmachen. Bereinigt man diese 1,17 Millionen um Bibliotheksausleihekunden, chronische Internetleser, Grundsätzlich-Nichtleser (Neudeutsch: fundimentionally non-readers) sowie um die ca. 50% der migrations-hintergründigen Stadtbevölkerung Augsburgs, (im Hettenbach sind es angeblich über 60%), dann bleibt dem Gustl nicht allzu viel mögliche Buchkundschaft.

Doch vielleicht hofft er noch auf einen Großauftrag des Büros für Migration der Stadt Augsburg oder einer Oberhauser Institution oder gar von der noch zu gründenden Allianz der Oberhauser Döner-Imbiss-Betreiber. Ansonsten bleibt ihm der Trost, an den großen Schriftsteller Franz Kafka und dessen „unbedingtes Schreiben-Müssen" zu denken.

Prolog 2 = verfasst von K.I - Künstlicher Intelligenz.

Der Autor gab folgende Stichworte aus seinem „Vorwort 1 = Mensch" in die K.I.-Software Chatbot GPT ein.

Autoren Schreiben Marketingfaktoren potenzieller Leser Nein wirtschaftlichen Augsburg Stadtteil Hettenbach bayerischer Schwaben Buchkundschaft Großauftrag Büro für Integration Franz Kafka „unbedingtes Schreiben-Müssen"

Er erhielt vom K.I.-Chatbot GPT folgende Antwort:

*„Die Diskussion drehte sich um die Themen **Autoren und deren Schreiben**, wobei der Fokus auf **Marketingfaktoren** und der Zielgruppe potenzieller Leser lag. Es wurde festgestellt, dass wirtschaftliche Aspekte dabei eher zweitrangig sind. Ein besonderer Bezug wurde auf den **Stadtteil Hettenbach in Augsburg**, gelegen in Bayerisch-Schwaben, sowie auf die lokale Buch-kundschaft gelegt. Erwähnt wurde außerdem ein **Groß-auftrag** des Büros für Integration, wobei möglicherweise literarische oder kulturelle Projekte involviert sind. Ein Zitat von **Franz Kafka** („unbedingtes Schreiben-Müssen") unterstrich die Leidenschaft und den inneren Drang zum Schreiben als zentrales Thema."*

Ist diese K.I.-Antwort bewundernswert oder schwachsinnig?

Wunschdenken, Besonderheiten und Angst

Mein Essay über Hettenbach enthält weder Wissenschaftliches noch
Gelehrtes. Anders als das vierbändige Werk des Autors Nikolaus Fendt.
Er widmet den Band 2 seiner Forschungsergebnisse und Erkenntnisse
über diesen besonderen Teil der Stadt: „Der Hettenbach und das Tal der
Wertach bei Augsburg". Das Fendt-Werk ist immerhin in die Staats-
und Stadtbibliothek von Augsburg aufgenommen worden.

Ob das mein Büchlein wohl auch schafft? Oder gar ein finanzieller Erfolg wird wie „Harry Potter" von Joan Rowling oder „Herr der Ringe"
von J.J.R. Tolkien. Meinen Zeilen aber so viel Bedeutung beizumessen,
entspricht jedoch nicht der sprichwörtlichen schwäbischen Zurück-
haltung – manchmal auch Duckmäusertum genannt. Großmauligkeit
und Größenwahn war noch nie deren Ding. Deswegen brauchen
Schwaben zum Erringen von Selbstbewusstsein auch nicht das
urlautige „Mia san mia".

Ebenso finden sich Fendt's Band 2
zwei besondere Passagen. Im
Oberhausener Gemeinde-Protokoll
von 1879 heißt es über den
Hettenbach als öffentliches Badege-
wässer:

*„Erwachsene, Buben und Mädchen
sollen an getrennten
Uferabschnitten baden. Frauen und Mädchen haben ausschließlich das rechte
Ufer zum Umkleiden zu benutzen".*

 Nicht ganz so originell ist die Notiz aus dem Augsburger Stadtarchiv
von 1924:
*„Vor Baden im Hettenbach wird gewarnt. Grund sind angeschwemmte Abfälle
wie Glasscherben, Blechwaren, etc. aus dem Pferseer Schuttplatz an der
Lutzstraße".*

Diesen Notizen aus längst vergangenen Tagen stehen aus meiner Sicht eine Aussage zum Künstlerischen Programm des Augsburger Friedensfestes unserer Tage gegenüber. Dessen Leiters ist stolz, darin einen Bogen vom Weltkriegsende 1945 zum „Frieden der Gegenwert", also bis Anfang der 2020er Jahre zu schlagen. Da muss sich Oberhausen's Hettenbach mit seiner 2000-jährigen Geschichte nicht verstecken; beginnend in der Römerzeit ca. 15 v.Chr. bis hin zur Helmut Haller-Platzeinweihung im Jahr 2014. Oder, was meinen Sie?

Immer wieder höre ich auch: „Hast du denn da keine Angst, wenn du in diesem Stadtteil unterwegs bist?" Angst ohne sichtbaren Grund nennt ein Psychiater z.B. „krankhafte Angst". Diese schränkt Menschen in vielen Lebenssituationen stark ein. Sie fühlen sich oft grundlos bedrückt und verunsichert. Ich wüsste jetzt nicht, was am Stadtteil Hettenbach angsteinflößend sein sollte. Ja, angsteinflößend trifft vielleicht auf Downtown Manhattan in New York oder Chicago's Southside zu. Eventuell für den Ratchada Nachtmarkt in Bangkok oder Kapstadt's Nyanga-Stadtteil. Dort stellt sich vielleicht bei einem Spaziergang schon Furcht ein. Aber Hettenbach? Vielleicht hat ja zu dieser Meinung die Augsburger Allgemeine beigetragen, als sie einmal titelte: „Hettenbach – Augsburg's Abort!"

Sprachliches und Umgangsprachliches

Vorweg: Verlage, die aus kleinen Schriftstellern große Autoren machen, übersehen natürlich keine Fehler auf der Titelseite.
Leider ist da dem Korrekturleser *scho' a' bissle was* durch die Lappen, gegangen - besser an seinen Augen vorbei ..

Fehler 1: die Schreibweise „Hettenbach" auf der Titelseite ist nur im ersten Moment richtig. Ich glaube ja, dass eventuell ein Bewohner von Vororten wie Leitershofen oder Stätzling diese Schreibweise, besser Aussprache noch akzeptieren. Bei der Firnhaberau oder Hochfeld bin ich mir da nicht so sicher …
Wie sagt dann der Hardcore-*Augschburger* (ja, in der hiesigen Mundart wirklich mit „sch") zu Hettenbach?
Denn das geschriebene Hettenbach ist beim hochdeutschen Ausspre-chen schlichtweg falsch. Und wie sagen jetzt dann die schwäbisch-sprechenden Ureinwohner – sprich native speakers dazu?
Sie bezeichnen Gewässer und den Stadtteil als *„Hedda'bach"*.
Dabei ist das erste „a" ein Nasallaut, also ein durch die Nase gespro-chener Selbstlaut (für Höhereschuleabgänger = Vokal). Diese Nasale kommen ganz oft in der französischen Sprache vor. Und eben auch im Schwäbischen.

Letzteres muss man natürlich hinter vorgehaltener Hand sagen, damit die Franzosen nicht noch auf die Idee kommen, Urheberrechtsforderungen geltend zu machen.

Wobei man den Nasal in „Hetta'bach" eigentlich richtig „ã" schreiben würde. Aber das könnten ja die meisten für einen Schreibfehler halten. Und ich müsste dann – um dieses Missverständnis auszuschließen - ständig umkopieren. Und so groß ist meine Zuneigung für diesen Stadtteil nun auch wieder nicht. Und überhaupt schreibe ich ab jetzt statt Hettenbach oder *Hetta'bach* oder *Hedda'bach* ich nur noch „H."
Zum einen möchte ich auch nicht dauernd in den verschiedenen Schreibvarianten hin- und herirren. Zum anderen habe ich dadurch vielleicht auch eine zu starke Tastenabnutzung.
Außerdem ist es höchst fraglich, ob der Umtausch von Tasten oder gar der ganzen Tastatur mit dem Autorenerlös jemals refinanzierbar ist. Solche unerwarteten Kosten stimmen einen Schwaben *scho' a' bissle* nachdenklich.
Fehler 2: der Buchtitel hat auch mit dem Rechnen zu tun. Ein Viertel vom Ganzen sind bekanntlich vier Teile. Aber *Augschburg* hat viel mehr Teile, besser Stadtteile als vier. Darum müsste es richtig nicht Viertel, sondern Stadtteil heißen. Da hilft der Zusatz „Glasscherben" auch nicht mehr …

Ok, dann liebe ich halt den Stadtteil. Als Geburts-Augsburger und Gesinnungsschwabe habe ich trotz vieler Reisen in alle Herren Länder mein *„schwäbisch's Hoimatle"* nie aus den Augen verloren. Und nur damit Sie es wissen – ich spreche noch fließend Schwäbisch: *Vielleicht ham' Sie's scho' g'merkt. I' probier' s'Schwäbische immer mit schräge' Buachschtaba' zum Schreiba'* (für Gebildete: kursiv). *O' aus Menscha'freundlichkeit gegenüber de' Zuazog'ne* mit Migrationshintergrund aus Nord- und Ostdeutschland. *Manchmol vergiss' i' s'halt o'. Des isch' aber net so schlimm, oder? Kloiner Tipp: hock'n Sie si' beim Lesa' neba' an echta' Augschburger hi', den's froga' können. Aber Vorsicht: manche wer'n schnell bissig. Besser Sie schalt'n ihra Smartphone ei' und probier'n's Übersetza'* mit Deepl.com *oder m'* Google Translator. *Am beschta, Sie nehmen glei' a' K.I.-Programm. Sie, des verschteht fei' heit' scho' sogar an Haufa' Schwäbisch!*

Aus Liebe zu meinem H.-Essay habe ich sogar zwei Manuskripte von anderen Aufsätzen einfach liegen lassen –vielleicht werden das ja auch Essays. Der eine heißt *„Woisch' no'? – Schwäbisch als Kunstform"*, der andere „Denglisch – eine Muttersprache ohne Mutter".
Die schreibe ich dann später. Versprochen! Insha'allah – so Gott will.

Schickimicki und Up-and-coming

Manche Schickimickis - also Mitmenschen, die sich betont modisch in Sachen Kleidung, sonstigen Modedingen und Verhaltensweisen geben - empfinden H. mit seinem teilexotischen Flair als up-and-coming Stadtteil (heißt wahrscheinlich so viel wie „aufstrebend" oder so) Und aufstrebend heißt perspektivisch „noch günstige, dann wahrscheinlich ziemlich sicher höhere Mieten". Gleichzeitig findet man H. auch als idyllisch – wenn man in einer seiner sanierten Gegenden wohnt. Und schätzt zugleich die urbane Atmosphäre. Wow!

Wow? klingt ja in der - in jeder Hinsicht - einfachen englischen Sprache viel, viel interessanter, ja spannender, gar intellektueller. Manche Leute sagen ja zu Englisch auch „Babysprache", wegen der schlichten Grammatik und der nur 26 Buchstaben. OK, Deutsch hat auch nur 26, aber zusätzlich die drei Umlaute ä, ö, ü. Das holen die Briten und Amis nie ein. Vielleicht drängen sie uns wegen dieser sprachlichen Minderwertigkeit ins Denglisch und durchziehen unser Leben mit zum Beispiel „Black Weeks" „Halloween" oder dem schlichten Nikolausausruf, nein Santa Claus-Ausruf „Hohoho". Wobei der deutsche Nikolaus ja ein wesentlich größeres Repertoire hat. Er muss immerhin noch „Knecht Rupprecht" sagen können!

Ich verstehe jetzt auch, warum manch ortsansässige Weltenbummler (Neudeutsch: Globetrotter) den Stadtteil H. auch „Quartier Latin" nennen. So heißt nämlich das traditionelle Studentenviertel in Paris, das auch so einen Hauch von Exotik hat.
Oder andere sprechen vom „French Quarter", dem Musik- und Unterhaltungsviertel von New Orleans. Obwohl H. durchaus das Zeug zum Künstlerviertel hätte - doch bis zum swingenden Musikviertel von New Orleans und den Straßenmalern vom Pariser Montmartre ist in H. noch Luft nach oben.

Doch eines kann man schon heute für meinen Liebesgrund gelten lassen. H. erinnert mich mit seinen vielen fremdländischen Zugezogenen, deren Sprachen und Ladengeschäfte ein bisschen an eine Mischung aus Istanbul, Bagdad oder Bangkok. Und als ehemaliger, beruflich Vielreisender ist für mich fremd völlig normal. Also ist der Gang durch *H.'s Strossa'* (Straßen) *isch' beinah' wia a' kloiner Urlaub - für mi'halt.*

Ach ja: Urlaub: Vielleicht vermissen andere in H. das Animationsprogramm und All-inclusive von Touristensilos oder Ferienclubs?

Schul- und Jugendzeit

Auch sie wurde von H. geprägt. Zum Beispiel durch die Schule an der Schönspergerstraße (R.I.P. –Ruhe in Frieden). Deren Abriss war allerdings kein Luxus mehr. Das merkte man schon an der Fassade und dem Inneren der Schulzimmer – und vor allem am Geruch der Toiletten. Da roch man förmlich ihre Entstehungszeit in den Nachkriegsjahren. Schönsperger- und Löweneckschule gewährten in den 1960er Jahren der „Staatlichen Realschule für Knaben" in Ermangelung eines eigenen Schulhauses quasi Asyl. Vielleicht trainierte der Stadtteil mit den Schülern dieser Jahre schon damals die Zuwanderersituation für die Jetztzeit.

Die Löweneck-Schule an der H.'er Flurstraße war in den frühen 1960er Jahren meine „Schulheimat". Ich hatte Respekt vor der Größe des Schulhauses, überragte dies doch deutlich die umgebende Vorstadtbebauung. Das imposante Gebäude war schon damals mit seinen barockartigen Giebeln und dem Turmuhraufbau etwas Besonderes. Der geschichtliche Hintergrund der Schule war mir und meinen Klassenkameraden damals egal. Wir konzentrierten uns damals vor allem auf Rock'n'Roll- und Beatmusik. Und waren dann doch fassungslos über die schulterlange Wuschelfriseur von Hansi „Johnny" Stegmaier, der in einer der ersten Augsburger Bands

Schlagzeug spielte. Dessen Frisur, damals revolutionär, würde heute wahrscheinlich als „ordentlicher" Haarschnitt durchgehen.

Die Schule ist – seriös betrachtet nach Dr. Maximilian Löweneck (1866–1957) benannt. Er kann getrost als Vordenker in Sachen „Duales Lernen" benannt werden. Führte er doch bereits 1908 auch einen Handarbeitsunterricht für Knaben an der Volksschule ein. Metall- und Elektrokurse sowie der Umgang mit Werkzeug und Material ergänzten das pädagogische Konzept.

Heute stemmt sich die Schule gegen eine Bildungskrise. Der hohe Migrationsanteil bei den 600 Schülerinnen und Schülern benötigt ein spezielles Förderprogramm. Es gibt offenbar Schüler zum Beispiel in der 9. Klasse, die das Ziffernblatt einer Uhr nicht lesen oder den Inhalt einer Textaufgabe nicht erfassen können. Es bleibt zu hoffen, dass zusätzliche Lehrkräfte, freiwillige Helfer und das Startchancen-Programm der Bundesregierung die Situation entschärfen helfen. Sonst könnten Befürworter von „Remigration" leicht Oberwasser bekommen. Und stellen Sie sich so manches Café oder Restaurant ohne ausländische Mitarbeiter vor! Wer hilft in den Haushalten putzen oder kehrt die Straßen. Von Krankenhäusern und Altenpflegeheimen ganz zu schweigen.

Vom „blonden Fußballgott"

Wenn man von Sport und Training spricht, sei auch die damalige Pestalozzi-Schule erwähnt, die heute meines Wissens Martinschule heißt. Die hatte im Gegensatz zur Schönsperger Schule eine Turnhalle, zu der meine Schulklasse zum Sportunterricht marschierte – allerdings ohne Marschgesang und Gleichschritt. Erfreulicherweise waren wir alle gut in Schuss, denn eine anstrengende Turnstunde hatte schon ihren Tribut gekostet. Wer viel Fantasie hatte, konnte in der Turnhalle noch den bald berühmten Schweißgeruch aus der Grafstraße herüberwehen riechen. Denn dort vor dem Wirtshaus „Grafstüble" stürmte nämlich ein späterer Fußball"gott". Der hieß damals auf H.'s Straßen *„Hemad"*, doch nicht wegen der schwäbischen Version seines Vornamens „Helmut". Von einigen seiner Jugendfreunde wird behauptet, dass der Spitzname daher käme, weil er beim *Bolzen* (=Fußballspielen) immer sein *„Hemad"* (= Hemd) aus der Sporthose heraushängte. Andere gaben vor,   dass der *„Hemad"* deswegen so hieß, weil er von sehr schlanker Statur war.   Oder wie im Schwäbisch nur eine Figur wie ein *„Hemad"* hatte.

Natürlich wissen jetzt fast alle Fußballexperten und -innen, dass es sich um Helmut Haller handelt. Als einer der ersten Deutschen wurde er Fußballprofi in Italien. Dort verzückte er mit seinen Tricks das Publikum derart, dass man ihn bald „Il biondo dio Calcio", den „blonden Fußballgott" nannte.

Es gibt auch eine lustige Geschichte über Helmut's Geschäftssinn, auf deren Wahrheitsgehalt man nicht unbedingt einen Eid schwören sollte. Angeblich bot ihm der Juventus Turin-Manager für einen Wechsel vom FC Bologna zu „Juve" – der italienische Fanname - u.a. ein Viertel der Zuschauereinnahmen bei jedem Haller-Tor pro Heimspiel an.

Cleverle Helmut verlangte jedoch ein Fünftel …

Haller-Briefmarke **aus Adschman,**
Emirat der Vereinigten Arabischen Emirate

Ach ja, die 1960er Jahre. Man muss kein mathematisch Hochbegabter sein, um mein Alter zu errechnen oder zumindest zu schätzen. Als kleine Hilfe: mein Geburtsjahr liegt zwischen 1948 und 1950. Doch, „what shall's?". Wie man sieht, spreche ich auch Denglisch!

Und wenn wir schon bei Schätzungen und Erklärungen sind, klären wir auch gleich die Ortsbestimmung von H. Es liegt in Süd-Oberhausen mit der ungefähren Nordgrenze wertachabwärts hinter der Dieselbrücke und südlich vom FCA-Platz. Für West-H. schlage ich den Oberhauser Bahnhof vor. Ach ja, der Oberhauser Bahnhof das „Tor zur Welt", zumindest für H. So heißt es im Lied „Koine Fisch' im H." – Text am Buchende.

Obwohl das Bahnhofsgebäude den Betonklotzcharme der 1930er Jahre versprüht, schaffte es der eckige Klotz sogar zum Filmstar. 2011 wurden Teile des sehenswerten Films „Almanya" am und im Bahnhof gedreht. Thema: die ersten türkischen Gastarbeiter in Deutschland …

Der Oberhauser Bahnhof – das „Tor zur Welt"
zumindest aus der H.-Perspektive

Oberhauser Bahnhof

Dieser ist inzwischen zu einer Problemzone geworden. Hier hat sich ein Treffpunkt von Alkohol- und Drogenabhängigen etabliert. Einige dieser Menschen leiden unter totalem Kontrollverlust, was nicht nur ein optisches Problem bedeutet. Es verursacht verständlicherweise auch Ängste bei Anwohnern und Passanten; letztlich auch für Kinder und Jugendliche, die an diesem Knotenpunkt von Straßenbahn, Omnibussen und Eisenbahnzügen unterwegs sind.

Die Stadtverwaltung Augsburgs hat versucht, mit dem beTreff entgegenzuwirken. In diesem Kontaktladen versuchen Sozialarbeiter und Streetworker mit der offenen Süchtigenszene umzugehen. Inzwischen ist der Umzug zu einem neuen Standort, dem Pfarrheim St. Johannes an der Wertachbrücke beschlossen. Dies wird zwar zu keinem völligen Verschwinden der Szene am Oberhauser Bahnhof führen, doch es wird eine erhebliche Entlastung erwartet. Verständlicherweise nicht zur Freude der Anwohner und Geschäftsbetreiber des neuen Standortes. Einer Wertung dieser Lösung möchte ich mich enthalten.

Weitere Entwicklung der Situation? Völlig offen!

Dazu ein Gedicht.

Die Nadel und der Schaps

Er rauchte eine jede Menge Gras
Und er schluckte viele Pillen
Den And'ren brach der Schnaps
Die Würde und den Willen.

Cannabis ist Rauschgift, das man bannen muss.
Schnaps, legal und Mittel zum Genuss
niemand prüft die Mengen beim Konsum
Hauptsache Euros dreh'n sich im Beutel um.

Die Nadel und ihr Schaden schlimm
Brachte sie ins Bahnhofsviertel
Hast du noch was zum Spritzen drin?
Das Venenblut bremst er mit Gürtel

Schnapsbrenner, Pusher oder Dealer
Zieh'n durch's Land und häufen Gold
Schwache Menschen sind die Verlierer
Am Ende haben's alle nicht gewollt.

Spritzen, Traumgras und Tabletten
Das Monster Geldgier wie aus fremdem Land
Hilft niemand das Problem zu retten
Jeder Süchtige ist Sonnenuntergang

Und in den Augen Gräber statt Pupillen

Ich hätte niemals gedacht, dass ich mit 17 Jahren von Pfersee in H.s Ebnerstraße ziehen würde, 200 Meter vom Oberhauser Bahnhof entfernt. Meine ernsthaft katholische Mutter war aufgrund der allmählich sichtbaren Oberkörper-Geschlechtsreife meiner Schwester der festen Meinung, dass ihre adoleszenten Kinder (keine Krankheit, sondern die sogenannte Endphase der Pubertät) jetzt eigene Zimmer haben müssten. Also zog man in H.'s Ebnerstraße.

Der Vorteil für mich war, dass ich als Bahnpendler zu meinem damaligen Arbeitsplatz in München nur 200 Meter von der neuen Wohnung zum Bahnhof hatte. In Pfersee waren das immerhin vier Haltestellen, zeitlich umgerechnet cirka 20 Minuten. Diese Straßenbahnfahrt verkürzte meine damals bitter nötige Schlafenszeit um eine halbe Stunde. Die wurde nicht vom Fernsehen, sondern den Mädchen aus der Nachbarschaft enorm verkürzt. Doch ich war auch in meinen H.-Bahnpendlerjahren von H. nach München immer noch kreativ. Manche behaupten chaotisch. Auf jeden Fall immer spät dran. Krawattenbinden fand oft im Laufschritt zum Oberhauser Bahnhof statt. Und einmal versetzte ich sogar den Zugschaffner in Erstaunen: hatte ich doch in der Eile einen schwarzen und einen braunen Schuh angezogen.

Ja, die Mode!

Ostgrenze – „Humorbremse"

H.'s Ostgrenze bildet – sagen wir mal die Wertach und deren gleichnamige Brücke. Noch heute kennen viele *Augschburger* den
Werbespruch: „Jung an der Wertachbrücke - schließt jede Kleiderlücke".
Für Spätgeborene: Jung ist hier nicht das Gegenstück zu alt, sondern es
ist das Bekleidungshaus Jung gemeint.

Es gibt auch „reduziert Lustiges" über die Wertachbrücke. So nennt sie
ein vermeintlicher Augsburger „Humorist" die „Kleine Bosporus-
brücke". Meint er, das sei Integration oder Respekt vor anderen
Nationalitäten? Oder ist das - freundlich gesagt - Ausländerdistanz oder
gar Schlimmeres? Vielleicht hat diesem Mann ja auch die Sonne nicht
nur seinen haarfreien Schädel, sondern auch sein Hirn etwas
angesengt?

Und was war da noch mit den Schulen? Auf dem Gelände der
Schönsperger Schule kann man inzwischen Schrebergärtchen
bewundern und Radieschen von oben anschauen – mit großem
Engagement von Hobbygärtnern verschiedener Nationalitäten gepflegt.
Anderes Gemüse gibt es natürlich auch. Hätte es die Salatköpfe und
Gurken schon in den 1960er Jahren dort gegeben – und hätten diese
Augen gehabt – wäre ihnen eine Schülergruppe im Schönsperger
Schulhof aufgefallen.

Die „Jung-Picassos" zeichneten damals im Unterricht des Kunst-lehrers Klopf das verrostete Schulhoftor mit Tuschefeder. Die Aufgabe war es, dem ausrangierten Tor durch unsere Bilder „etwas Leben einzuhauchen".

Das Bild habe nicht mehr, aber ich sehe noch genau meine grafische Interpretation immer noch vor meinem geistigen Auge. Schließlich waren Zeichnen, Malen und Musik – meine Domänen. Naturwissenschaften wie Biologie, Chemie, Physik und natürlich auch Mathematik hätten ruhig von meinem Stundenplan gestrichen werden können.

Der heutige Vergleich mit den verschiedenen Löweneck-Schule-Nationalitäten fällt anders aus als zu meiner Schulzeit. Damals gab es vielleicht ein paar Italienstämmige, ganz wenige griechische und türkische Schüler. Meine Nachbarin, die in der Schule bis vor 10 Jahren unterrichtete, erzählte mir von damals 24 Nationalitäten   in ihren Klassen.

Laut Schulamt Augsburg gibt es heute dort angeblich 33 verschiedene Nationalitäten.

Deutsche Sprache & Migranten

Natürlich verändert Migration die deutsche Sprache. Manche sprechen von Schaden, andere von Bereicherung. Sprache hat schon immer dynamisch, fortlaufend an unserer Lebenswirklichkeit angepasst. Zum Beispiel schlagen wir heute nicht mehr in Lexikon oder Duden nach, wenn wir etwas nicht wissen, sondern wir googeln. Oder wir essen türkischen „Döner" oder amerikanischen „Burger". Vor allem die Jugendsprache hat schnell Ausdrücke aus dem Kiezdeutsch übernommen: „Lass ma' chillen!" oder „Gib zwei Euro. Ich muss Guthaben kaufen.", „Fack ju Göhte", bahnt sich seit 30-40 Jahren den Weg in die Alltagssprache junger Leute. Es war schon immer die Jugend, die unabhängig von der Erwachsenensprache ihre eigenen Ausdrucksformen entwickelt hat. Die Geschwindigkeit der Sprachentwicklung hat sich natürlich auch aufgrund von Globalisierung und rasend schneller Technisierung sehr dynamisch angepasst. Warum sollte da in H. etwas anderes passieren?

„Phôl ende Wuodan fuorun zi holza. dû wart demo balderes folon sîn fuoz birenkit. thû biguol en Sinthgunt, Sunna era swister; thû biguol en Wuodan, sô hê wola conda: sôse bênrenki, sôse bluotrenki, „

Na, alles klar? Das ist Althochdeutsch. So haben unsere Vorfahren um 1000 n.Chr. gesprochen und geschrieben. Wenn sie denn schreiben konnten.

St. Josef

Ich erinnere mich noch gut an die riesige St. Josef's Kirche, die direkt neben der Schönsperger Schule stand. In deren dunklem – immer ein bisschen unheimlichen Inneren - fanden zu meiner H.-Schulzeit stets die allseits eher weniger beliebten Gottesdienste zum Schuljahresbeginn und dessen Ende statt. Wobei der Anlass zu letzterem Gottesdienst schon erheblich beliebter war.

Schon damals gab es jedoch Mitschüler, die quasi als Vorhut der 1968er-Generation (vielleicht erinnert sich mancher noch an die damaligen gesellschaftlichen Neuentwicklungen: Haschisch, freie Liebe, Antiautorität, usw.) Jedenfalls schlichen die Jungrevoluzzer heimlich aus der Kirche und rauchten in einem Hinterhof der Kiesowstraße einen Joint. Damals – mindestens eine Todsünde! Für die heutige Jugend eher total langweilig.

Inzwischen beherbergt ein Drittel der Kirche das Archiv des Bistums Augsburg. Den Rest teilen sich die katholische Pfarrei und die assyrische Gemeinde. Das ehemalige Pfarrheim ist ebenfalls in neuer Hand und beheimatet das Uşşaki-Derwisch-Zentrum. Was ich über diese Gruppierung gelesen habe, ist erstaunlich positiv.

Um jedoch nichts Unqualifiziertes zu sagen und diese Mitbürger nicht ins falsche Licht zu rücken, empfehle ich dem geneigten Leser/Leserin den WWW-Beitrag über „Derwische".

Auf alle Fälle ist nicht von der Hand zu weisen:

„Times are a-changing", sang Bob Dylan sehr passend zu dieser Entwicklung. Für weniger begeisterte Anhänger zeitgenössischer Balladen sei an dieser Stelle der Spruch des griechischen Philosophen Heraklit genannt: „Panta Rhei – Alles fließt"

Der Name „Hettenbach"
(bewusst nicht abgekürzt)

Manch einer fragt sich vielleicht allmählich, warum der Stadtteil H. so heißt? Das liegt am H. selbst, der gänzlich unnatürlicher Herkunft, jedoch ziemlich sportlich um 1849 als Industriekanal von der Wertach abgezapft wird. Sportlich deshalb, weil sich die „Quelle" gleich beim Rosenaustadion befindet. Nur so einfach ist das nicht mit dem Namen. Denn das junge Gewässer aus der Wertach heißt zunächst Mühlbach und wird nach der Pferseer Luitpoldbrücke und einem Kurzbesuch im Eberle-Fabrikgelände zum H., der jedoch später unterirdisch abgezweigt als „Hessenbach" zum Abwasserkanal umfunktioniert wurde. Der H. zog weiterhin oberirdisch seinen Weg und erhielt nach der Unterquerung der Eisenbahnbrücke zur Schißlerstraße seinen Namen - quasi fast wie einen Adelstitel: Hettenbach (an dieser Stelle ausgeschrieben, weil adlig!). Und der H. macht somit den ganzen Stadtteil zu seinem Namensvasallen.

Die H.'er Prachtstraße

Der Broadway oder Champs Elysée, also die „Prachtstraße" des Stadt-teil H. ist die Ulmer Straße. Noch mehr als Pracht hat sie sogar eine ausgeprägte ethnische Komponente. Angeblich ist – in Stadtaus-wärtsrichtung - die linke Seite angeblich eher von aramäischen, die rechte vor allem von türkischen Mitbürgern bewohnt. Inzwischen ist auch eine ordentliche Anzahl russischstämmiger Bewohner dazugekommen.

Seit jüngerer Zeit wird das Ganze und auch mit etwas Arabischem und Somalis „gewürzt". Während mein Sprachverständnis zwischen türkischen und russischen Mitbewohnern relativ klar ist, erschließt sich für mich zum Beispiel der Unterschied zwischen Aramäern und Assyrern nicht so leicht. Da muss schon ein Lexikon oder Wikipedia herhalten. Auch Muslime und Aleviten sowie Schiiten und Sunniten sind einem Katholischerzogenen zunächst fremd. Doch was wissen wir denn schon über christliche Glaubensrichtungen wie neuapostolisch, Zeugen Jehovas, Mormonen, russisch- oder griechisch-orthodoxe usw.? Ich erinnere mich an den Spruch meiner Mutter: „Es gibt überall Gute und Schlechte, Fleißige und Faule! – egal welcher Nation oder sonstiger Gruppierung sie angehören". Das deckt sich auch mit meinen bisherigen Erfahrungen.

Soviel ich weiß, hat auch noch niemand in H. Schwierigkeiten
bekommen, wenn er in H. versehentlich Türken mit „Shlomo", Russen
mit „As'salam aleikum", Aramäer mit „Iyi günler" oder Somali mit
„Dobry den" begrüßt hat.

Nationenneutral ist ein stilles Plätzchen etwas abseits der „Pracht-
straße". Seit das Fahrradgeschäft Gehl auszogen ist und an gleicher
Stelle derzeit gebaut wird, versperrt leider ein
Bauzaun einen malerischen Weg. Der „H.-
Uferweg" führt zu einem kleinen, je nach
Gemütslage ruhigen oder gar romantischen
Park mit Wasserrad. Dessen Plätschern
überlagert fast die Verkehrsgeräusche der
Ulmer Straße. Eine wahre Idylle mitten in der
Stadt, an der viele Leute achtlos vorbeigehen

Am meist wenig besuchten Kinderspielplatz
vorbei, über eine kleine Brücke nach dem
Wasserrad nach rechts folgt ein Fußgängerweg immer entlang am H.. bis
zur Donauwörther Straße. Dieser Petrus-Claver-Weg ist nach den
gleichnamigen Missionsschwestern benannt, die in der Billerstraße ihren
Sitz haben. Deren Hauptengagement richtet sich gegen Sklavenhandel
und bei der Evangelisierung Afrikas. https://srsclaver.de/Startseite/

Das „Herz von H-„

Eine Erlebnissteigerung bietet für mich das „Herz von H.". Keine offizielle Bezeichnung, sondern ein Ort, der für mich Verehrungscharakter hat.

Schließlich besteht Augsburg nicht nur aus Perlach, Rathaus, Gotikdom der der Fuggerei. Bei derart vielen Bewohnernationen gehört meiner Meinung schon dazu, einen kleinen Blick hinter die Hochglanzfassade von Renaissance und Mozart zu tun.
Für mich ist das die Kreuzung Seitz- und Schöpplerstraße, die auch immer die Endstation meiner Stadttouren ist. Diesen Platz habe ich das „Herz von Hettenbach" (bewusst ausgeschrieben) getauft.

Für die angloamerikanische Gäste meiner Stadttouren übersetze ich das von mir ernannte „Herz von H." zum besseren Verständnis und zum Hineinfühlen in „Heart of H." und für die Franzosen „Le coeur du H." Anfangs gab es an dieser Kreuzung eine besondere Ansiedlermischung. An der Nordost-Ecke glänzten die polierten Äpfel und Auberginen von Osman um die Wette. Sein weiteres Obst- und Gemüseangebot hätte vielleicht sogar dem Arabischen Markt in Istanbul zur Ehre gereicht. Bei Sonne warfen mehrere, leicht verschossene Sonnenschirme den nötigen Schatten für die Frischware.

Das „Herz" von H. - Kreuzung Seitz- und Schöpplerstraße

Und inmitten dieser gesunden Natur-mischung stand er: Osman, der türkische Ladenbesitzer, unverkennbar mit einem runden Käppi, dessen Bedeutung ich nie ergründet habe. Eine gebogene Römernase – nun sie war schon fast so groß wie Rom und Umgebung. Nach unten wurde Sie von einem dicken, grauen Schnauzbart abgeschlossen. Dessen Enden reichten weit hinunter fast bis auf Kinnhöhe. Es war für mich fast ein Ritual, nach der Verabschiedung meiner Stadttourgäste vor Osman's Laden einen Ayran zu trinken. Dieses Getränk aus Joghurt, Wasser und Salz war bei jedem Wetter gleichzeitig ein Durst- und Hungerstiller . Nach wer-weiß-wievielen Ayrans nannte mich Osman eines Tages auf einmal „Meister". Ich weiß bis heute nicht, ob er das aus Kundenpflege, Ehrerbietung oder Ironie sagte. Osman „wohnt" inzwischen in Allah's Paradies …

Gegenüber von Osman's Reich - an der Nordwest-Ecke meiner Lieblingskreuzung sprach man Portugiesisch. Auf einer schwarzen Tafel stand manchmal „Caldeirada" oder „Porco com ameixoas". Was immer sich dahinter verbergen mochte.

Die Nordwest- und Südost-Ecke beherbergten eigentlich die „exotischsten" Ansiedlungen. Im Haus südlich gegenüber Osman's Laden waren angeblich zwei „Damen" als „Rückenflachlage-Technikerinnen" tätig. Einer Prüfung habe ich diesem Sachverhalt nie unterzogen. Ich weiß auch nicht, ob diese „Königinnen der Lüste" jemals offiziell beim Gesundheitsamt vorstellig wurden.

Am anderen Eck: „Bei Helga's" - eine sogenannte *Boiz"*. Im hiesigen Dialekt ist dies eine eher weniger elegante Wirtschaft, in der eigentlich hauptsächlich Flüssiges angeboten wird. Nur hin und wieder – vielleicht an H.'er „Feiertagen" (gibt's sowas?) – wurden kleine Speisen gereicht. Zum Beispiel kalte *„Fleischküachla"* (andernorts auch Frikadellen oder Bouletten genannt). Auch ein *„g'mischt'r Pressack"* ziert manchmal die Speisekarte.

Ansonsten gab es überwiegend
alkoholhaltige Erfrischungsgetränke.
Hochprozentiges für die Winterzeit.
Natürlich für Stammgäste auch an
Sommertagen.

Während der Freiluftsaison bediente
Helga an drei Biertischen vor ihrem
Lokal meist Männer mit
unübersehbar ausgeprägtem
„Biermuskel". Sie waren wohl im
Dauertraining mit Riegele, dem örtlich gebrauten Gerstensaft.

Die Biertisch-Damen fielen meist durch für ihr Alter viel zu kurzen
Miniröcke, dafür mit übermäßig vielem Schminke- und Lippenstift-
Gesichtsbelag auf. Ihr Preiswert-Deoduft schien gegenwind- , vielleicht
sogar sturmresistent.

Alles in allem eine mittelfeine Gesellschaft.
Doch Helga's *Boiz* ist die einzige „Überlebende" am „Herz von H."
Alle anderen haben das Zeitliche gesegnet. Jeder auf seine Art …

Sattwerden auf Multikulti-Art

Manche Urlauber schätzen in Rimini's Strandcafes den deutschen Bohnenkaffee, andere in den Altstadtbars Barcelonas deutsches Bier. In H. findet nicht nur der Vorstadtfeinschmecker eine gastronomische Vielfalt, die einen mit der Zunge schnalzen lässt. Sofern dieser enorm bewegliche Muskel nicht gerade im Kau- oder Schluckprozess des Essens eingebunden ist. In Abständen von knapp 50 Metern gibt es die unterschiedlichsten Verköstigungsmöglichkeiten. Eilige können bei der Metzgerei Mayer eine *Leberkäs'semmel* mitnehmen (Neudeutsch: To go – nicht zu verwechseln mit dem westafrikanischen Land „Togo"). Oder je nach Tageskarte Rindsrouladen mit *Spätzla* (typisch schwäbische Nudeln) oder *a' sauer's Lüngle* (sauere Lunge) mit Bratkartoffeln vor Ort genießen.   „Seit über 100 Jahren verwenden wir bloß Fleisch aus der Region, das wir nach alten Rezepten zubereiten", erzählt die Chefin mit Stolz. In Mustafa's türkischem Imbiss gibt es nicht nur Döner, sondern auch Erbsensuppe (sehr empfehlenswert!) oder Dürüm (Neudeutsch: Wrap). Süßgenießer bietet die Bäckerei Balletshofer Nusshörnchen oder Apfelrollen mit Heißgetränk. Genießer von orientalisch Süßem finden ihr Geschmacksparadies mit Tulumba oder Kadeif und einem Kara Cai sekerle (Schwarztee mit Zucker) bei Sirin Baklava .

Achtung: Kalorienhaushalt und Blutzuckerwerte nicht vergessen! Und im arabischen Laden gibt's frisches Fladenbrot, Falafel-Bällchen, Hummus aus Kichererbsen und Tahine, einer Paste aus Sesamsamen.

Anhänger der amerikanischen „Feinkost" versorgt „Colonel" Sanders, also der Gründer von Kentucky Fried Chicken mit panierten Hühnerteilen die Hungrigen.

Nicht zu vergessen der Ulmer Hof, in dem irakische Pächter deutsche Küche und italienische Pizza anbieten. Im Hinterhof sogar mit Biergarten, in dem alte Kastanienbäume aus deutschen Gastwirtzeiten Schatten spenden.

Zum Schluss noch moderner Gastrokult: Bob's am Helmut-Haller-Platz. Scheinbar zieht die Fassade deshalb Bürgerhaus, halb Vorstadtschlösschen immer besondere Wirtscharaktere an. Dort wo früher das Augsburger Gastro-Urgestein Charly Held mit Lederhose, Gamsbarthut als Mitglied der Königlich-Bayerischen-Josefspartei das Szepter schwang, hat inzwischen eine gänzlich verschiedene Welt Einzug gehalten.

Der „König" heißt jetzt Bob (laut Geburtsurkunde „Stefan Meitinger") und stillt Hungrige mit „Slow-Fast-Food" aus seiner Blues-Punk-Rock-Kitchen.

Auch musikalisch hat sich der ehemalige Blasmusikklang in die Playlist eines Hard Rock Cafés gewandelt. Und anstatt Gemütlichkeit erleben die Gäste „geile" Abende.

Apropos Lederhose und Heavy Metal

Bob zieht Baseballcap, schwarzes Schlabber-Shirt und dunkle Jeans im „Used-Look" vor. Der Erfolg von Kultgastronom Stefan „Bob" Meitinger ist beeindruckend. Vor seiner Erfolgsgeschichte gab es nur „Bob's" abenteuerliche Kneipe im Gartenhäuschen-Stil in der Hammerschmiede.

Mittlerweile „herrscht" „Bob" über ein kleines Gastro-Imperium. Dieser Ausdruck passt eigentlich wie die die berühmte Faust auf's Auge zum genial-anarchisch-ironischem Punk-Konzept seiner Lokale. Bob's – in Augsburg und drumherum - nicht wegzudenken. Der Siegeszug geht inzwischen weit über die Grenzen der Fuggerstadt hinaus. Seit nicht allzu langer Zeit gibt's Bob's auch in anderen deutschen Städten. Solche Erfolge in der häufig zitierten gastropersonalgebeutelten Branche, lassen sich nicht allein mit Fast-Slow-Food und Rock'n'Roll erklären. Dazu gehört auch mehr als Kinnbart und Schlabber-Shirt. Man kann vor dieser Leistung ohne weiteres Baseballcap oder Trachtenhut ziehen …

Nach jüngsten Meldungen soll das „Bob's" am Oberhauser Bahnhof künftig „Habo's" heißen. Es wird sich wohl – hoffentlich! - nicht allzu-viel ändern.

Haute Couture

Auch die Mode kommt in H. nicht zu kurz. Hochzeiter im heimischen Stil wie Manfred und Gisela finden im Trachtengeschäft von Hermann Huber die passende Landmode: Hirschgeweih-Lederhose mit schwerem Charivari und für's *Mädle* (Mädchen) das Dirndl im Alpenlook. Irgendwie erscheint mir das Huber-Geschäft wie der deutsch-traditionelle Fels in der orientalischen Brandung.

Ansonsten dominiert türkische Hochzeitsmode: Gülcan und Kemal erwerben im türkischen Brautmodenladen Adaliz für sie das orientalisch geschnittene Hochzeitskleid und für ihn den traditionellen türkischen Kaftan. In der Ulmer Straße gibt es vermutlich die höchste Brautladen-dichte Mitteleuropas, die möglicherweise nur noch von der Anzahl der Friseurgeschäfte in der Wertachstraße übertroffen wird.

Man wünscht natürlich allen Frischvermählten, dass ihre Ehe nicht wie die 150.000 Scheidungen pro Jahr auseinandergeht (Quelle: statista.com)

Insgesamt findet man in der Ulmer Straße eine Angebotsmischung, die jedes Modeoutlet, selbst mit einer Vielzahl von Essensständen in den Schatten stellen würde.

Ich frage mich schon lange, wieso ein Outlet eigentlich nur „Outlet" = „Auslass" heißt? Man muss doch schließlich vorher in einen „Inlet" ?? = „Eingang -Einlass" hineingehen?

Ist das Denglisch? Oder birgt H. auch sprachlich Rätsel über Rätsel?

Schnee und Afrika?

Der Wandel zeigt sich auch beim Wintersport. Nein, nicht nur im Gebirge. Das Wintersport-Mekka Augsburg's in H.'s Branderstraße war einst Ski-Durner. Dorthin pilgerten Ski-, Skibindungsbedürftige und andere Wintersport-Gläubige. Und heute? Man möchte es nicht glauben, findet sich an gleicher Stelle ein Somali Restaurant! Wem es also nach Anjero, dem traditionellen Fladenbrot oder nach Bariis Ishkukaro, dem somalischen Reisgericht ist, wird dort in der Branderstraße fündig. Falls Sie kein Somali sprechen – kein Problem: die Somali sprechen fast alle Arabisch - Schmunzel!

Ganz Weit-Zurück-Erinnerer kennen vielleicht noch die Pferdemetzgerei Christa, Ecke Ulmer Straße und Schißlerstraße. Aufgrund meiner Schulradfahrten von Pfersee nach H. mit einem Dreigang-Fahrrad (nix Akku eBike) ersparte man sich dadurch den Besuch eines Fitnessstudios. Man trank Limo anstatt Protein- und Fitnessdrinks. Doch *Kohldampf* (Hunger) bekam man von diesen Radfahrten natürlich auch. Abhilfe verschaffte einem dann z.B. ein *Mordsdrum* (riesiges Stück) Pferdeleberkäse beim *Rossmetzger* (Pferde-schlachterei). Und das gab's für ein *Fuchzgerle* (50 Pfennig ~ 25 Cent) – Die Metzgerei gibt's schon lange nicht mehr.

Doch die Pferdefleisch-Feinschmeckerei endete schlagartig, als die Mutter meines Schulfreundes eröffnete: Pferdefleisch macht die Haut gelb! Diese Behauptung konnte ich nicht widerlegen; hatte ich weder ein Pferdemetzger-Buch, noch gab es Google oder Wikipedia. Doch ich glaube bis heute nicht, dass sie Recht hatte. Die Schulfreund-Mutter war schon damals auf dem Vegetariertrip, was man schon an seinen Pausenbroten sah. Die waren nämlich fast aus mehr Körnern als aus Teig. Sicher war die Mutter nicht vegan, denn die Schulfreundbrote waren meist mit so viel Butter bestrichen wie die Brotscheibe dick war.
Die meisten von uns waren aber auch weder Vegetarier oder Veganer. Ja, in der Umgangssprach kamen diese Worte überhaupt nicht vor. Wir haben trotzdem überlebt.

Bei der heutigen Wortfindung frage ich mich manchmal, ob „Narrativ" oder „Resilienz" auch mit dem Essen zu tun haben?

Gesundheit und Geschichte in H.

Werfen Sie mit mir einen Blick auf „Gesundheit" - schließlich ist die
für uns alle das Wichtigste. Oder sind es doch die neuesten Posts von
Influencern?

Das Krankenhaus Josefinum ist eigentlich keine Sehenswürdigkeit im
üblichen Sinn. Vielmehr ist es eine wahre Institution. Sein Bekannt-
heitsgrad reicht weit über H. hinaus. Seine Gründung – ja, man möchte
fast seine „Geburt" sagen, fand 1918, im letzten Jahr des 1. Weltkriegs
statt. Ein Pfarrer und ein Schullehrer gründeten einen Verein zur Lin-
derung der Not, vor allem der verwaisten, unterversorgten Kleinkinder.

Zunächst ein kleines Häuschen bei der Kirche St. Peter und Paul. Doch
der Bedarf wuchs und wuchs. Bis 1952 war es das „Säuglingsheim an
der Kapellenschule". 1957 erhielt die Entbindungsklinik in H. den
Namen „Josefinum". Dort kamen bis heute über 150.000 Kinder zur
Welt. Somit ist das Josefinum zu einer der größten Entbindungskliniken
Deutschlands geworden.

Ein besonderes Josefinum-Erlebnis berichtet eine Bekannte über ihre
Tante Annemarie, der bei Geburt ihres zweiten Kindes beinahe das
letzte Stündchen geschlagen hätte.

Die überfällige Geburt wurde medikamentenunterstützt eingeleitet. Dadurch setzten starke, lebensbedrohliche Blutungen ein.

Dank des beherzten, intensiven Einsatz und Engagements der Josefinums-Schwester Engeltraud überlebte Tante Annemarie und ihr neugeborener Sohn Philipp. Somit wurde Schwester Engeltraud quasi die Lebensretterin von Mutter und Kind.

Überhaupt war diese Nonne lebensnah und scheinbar ihrer Zeit voraus. Bei ihr konnten die frischentbundenen Mütter Turn- und Gymnastik-stunden besuchen, die Engeltraud im Trainingsanzug, jedoch mit Nonnenhaube durchführe. Sie fuhr auch gerne in der kompletten Nonnentracht mit dem Fahrrad durch die Gegend. Bis zu ihrem 100. Lebensjahr hielt sich Engeltraud durch Tanzen fit – dies war ihre große Leidenschaft. „Wenn ich mich nicht für das Kloster entschieden hätte, wäre ich Tänzerin geworden.", hörte man sie öfter lachend sagen.

Mehr solcher Mitarbeiterinnen hätten Klöstern und Kirchen vermutlich sehr gutgetan.

Die kleinere Gesundheit

Die Praxis meines Hausarztes war – medizinisch-räumlich betrachtet - einige Nummern kleiner als das Josefinum. Nun gibt es Arztpraxen, die sich in den Glasfassaden der gegenüberlegenden Hochhäuser spiegeln. Andere eröffnen den Blick in elegante Parkanlagen oder auf weitläufige Wiesen. Mein Hausarzt behandelte viele Jahre allerlei meiner Wehwehchen. Beim Blick aus dem Praxisfenster in der H.'er Zollernstraße kam   man sich ein bisschen wie in einer Nebenstraße von Kairo oder Tunis vor. Denn das Gegenüber waren ein arabischer Lebensmittelladen und eine orientalische Bäckerei. Daneben der Internet-Shop mit SIM-Karten-Angebot und Geldtransferdienst in alle Herren Länder. Das empfand ich nicht als störend, da der Herr Doktor einige bemerkenswerte Vorzüge hatte: zum einen nahm er sich schier endlos viel Zeit für die Patientengespräche – auch für Kassenpatienten wie mich. Außerdem sprach er stets langsam, ruhig und dabei immer lächelnd. Und er erklärte die Diagnose verständlich, ohne dass er Latein- und Altgriechisch-Kenntnisse vorausgesetzt hätte. Eine Wohltat für mich und bestimmt auch für andere Patienten. Als Hobbygitarrist sprach ich einst mit dem Herrn Doktor über Musik. Nebenbei erwähnte er: „Ich spiele Piccoloflöte!". Ungläubig wollte ich wissen, warum dieses unscheinbare Instrument? „Dabei kann ich mich beim Spielen hinlegen!", meinte er. Wahrlich - ein echter Genießer!

Kurzgeschichte

Mein Rückblick auf die Vergangenheit von Oberhausen und H. geht weit hinter die sogenannte „gute, alte Zeit" zurück. Wann immer diese Zeit auch „gut und alt" gewesen sein mag. Ich will mich kurzfassen, also die Historie in geraffter Form, quasi als eine „Kurz"geschichte erzählen.

Mehrere Quellen besagen, dass Oberhausen von westgermanischen Alemannen-Stämmen im 8. oder 9. Jahrhundert gegründet wurde. H. gab es damals natürlich noch nicht, weil der gleichnamige Bach bzw. Industriekanal wie erwähnt, ja erst 1849 abgeleitet wurde.

Allerdings gab es bereits um 15 v. Chr. ein römisches Militärlager zwischen Wertach und Lech: Augusta Vindelicorum. Aus dieser Zeit stammen auch viele historische Ausgrabungen. Der berühmteste Fund ist wohl der sogenannte Silberschatz, 2021 in Oberhausen entdeckt. Die gefundenen 5600 römischen Denare aus dem 1. und 2. Jahrhundert n.Chr. wurden sofort in die Römische Ausstellung des Augsburger Zeughauses gebracht. Böse Zungen behaupten, dass dieser Silberschatz den Augsburgern als eine Art finanzieller Ausgleich diente, quasi als „Return-of-Investment". Diese Behauptung ist jedoch ohne Nachweis und Gültigkeitsanspruch und möglicherweise nicht ganz wahr.

Tatsache jedoch ist, dass die Stadt Augsburg nämlich 1911, die bis dahin selbständige Gemeinde Oberhausen „eingemeindet" hatte.

Also, von wegen eingemeindet! Richtiger wäre: die Konkursmasse übernommen. Denn die Vorortgemeinde war mit gähnend leeren Kassen schlichtweg pleite. Und dafür gibt es sehr wohl schriftliche Nachweise, daher ist diese Tatsache gültig und wahr.

H. als Szenequartier?

Diese Frage ist an dieser Stelle noch unbeantwortet. Zunächst frage
ich mich, was man eigentlich unter „Szene" versteht. Sicher ist für H.
damit keine Szene als Teil aus einem Radio- oder Fernsehbeitrag, einem
Theaterstück oder Film gemeint. Auch kaum „im Streit jemanden eine
Szene machen". Am ehesten erscheint mir für Szene die Bezeichnung
„etwas veranstalten, aufführen" geeignet.
Für mein Empfinden ist H. auf gutem Weg zu einem Szenequartier …

H2O" bedeutet hier nicht „Wasser"

Man könnte zwar meinen, dass der H. und H2O irgendwie verwandt
wären. Doch weit gefehlt. Seit 40 Jahren gibt es das Jugendhaus H2O
des Stadtjugendrings Oberhausen, das täglich etwa 60–80 Jugendliche
zwischen 11-19 Jahre aus Familien unterschiedlicher Nationen
besuchen. Den „Taufnamen" H2O haben die jungen Leute von
„Hirblinger Straße 2 Oberhausen" abgeleitet. Dort gibt es ein
Beratungs- und Hilfsangebot sowie gemeinsame Freizeitgestaltung
und Projektarbeit. Unter fachkundiger Unterstützung sind auch politische, kulturelle und Identitätsbildung, Sozialkompetenzen und
Konfliktbewältigung bedeutsame Themenfelder.

Freiwilligkeit und respektvoller Umgang miteinander spielen eine wichtige Rolle. Trotz oder gerade wegen der unterschiedlichen Nationen, Sprachen, Kulturen und Religionen in H. Insgesamt herrscht in diesem Jugendzentrum eine bunte, lebendige Atmosphäre.

Besonders erfolgreich sind die Filmprojekte „H2O TV" der sogenannten "Film AG", bei denen sich etwa 120 Jugendliche aus über 20 Nationen mit „Heimat", „Demokratie" und „Antirassismus" filmisch auseinandersetzen. Im Laufe der Jahre wurde die „Film AG" zwei Mal mit dem Schwäbischen Jugendfilmpreis prämiert, sowie für das Engagement der Jugendlichen im Rahmen des Aktiv-Wettbewerbes „Für Demokratie und Toleranz" durch das Bündnis für Politische Bildung (bpb) ausgezeichnet. Ebenso erhielt die Gruppe die Wertschätzung der Stadt Augsburg mit der Verleihung des „Zukunftspreis".

Gaswerk Augsburg

Das prominenteste Stück „Neu-Kultur" im Raum H. ist mit Sicherheit das Gaswerk. Das Areal mit den grauen Blechtürmen – in früherer Umgangssprache „Gaskessel" genannt - sind Überbleibsel aus der Zeit „schmutziger Energiegewinnung" Von 1915 wurde dort aus Steinkohle das Stadtgas gewonnen. Ab 1978 war Schluss mit der Produktion. Die Aufgabe des Gaswerks war dann nur noch Verteilung und Speicherung von Erdgas.

Im Jahr 2001 nach Stilllegung des Gaswerks dauerte es noch 20 Jahre, bis sich der alte Bibelspruch erfüllte: „Aus Schwertern werden Pflugscharen". Es wurden jedoch keine Pflugscharen aus dem Stück „Altindustrie", sondern allmählich entstand das Kultur- und Kreativquartier „Gaswerk Augsburg". Inzwischen ist es die neue Heimat der brechtbühne des Staatstheaters Augsburg, dem Restaurant im Ofenhaus, vieler Kreativunternehmer, Künstler und Musiker.

Dazu fällt mir ein Spruch ein: „Früher Gas. Heute Spaß."

Rock am Kiez

ist ein besonderes „Open-Air: hinter uns der Oberhauser Bahnhof, neben uns *d'Strossa'bah'* (Straßenbahn), vor uns Bob's Fast & Slowfood. Eine Verkehrs'insel' mitten in der Stadt. Und auf dieser Traum-'insel' – ohne Sandstrand und Palmen - gibt's dann fast alles zum Träumen: Bier kalt, Pommes heiß und Konzerte fett!

Aufgrund der Popularität von Bob's Rock-Veranstaltungen findet das Happening jetzt zusätzlich im erheblich großflächigeren Gaswerk statt.

Ein Erlebnis erfüllt mich ein bisschen mit Stolz. Zur Einweihung des Helmut-Haller-Platzes durfte ich auf der Bob-Bühne ein Ständchen mit Liedern über Helmut Haller, dem H.'er Fußball„gott" vortragen´

Gustl Mair   2019

HettenBach 45

Eine ehemalige Industriehalle mausert sich liebevoll gepflegt zu einer aufregenden Eventlocation. Der Altbau mit altem Baumbestand und Garten am H.-Ufer hat eine Menge Business-Geschichte auf dem Buckel. In den 1910er Jahren sorgte die Schreinerei Kässbohrer, später die Firma Schmid mit Farben, Tapeten und Bodenbelägen für rege Aktivität. Der anschließende Mieter - eine namhafte Augsburger Weinhandlung – brachte durch sein Außenlager den Duft von Rebensaft in die Räume. Heute trägt HettenBach45 mit kulinarischen Events, Baristakursen und Weinverkostung zum Image des up-and-coming von H. bei.

Beim Kirschblütenfest

Die blühenden japanischen Zierkirschenbäume hüllt den gesamten H.er
Teil der Ulmer Straße in elegantes Rosa. Die ARGE Oberhausen macht H.
seit 10 Jahren zur Feierzone. Ende April herrscht von Freitag bis Sonntag
buntes Treiben am Helmut-Haller-Platz. Bei Musik, Unterhaltung und
Kulinarik kann man schon fast von einem „Festival" sprechen.

Der Augsburger Plärrer

Natürlich außer Konkurrenz. Im Frühjahr und Herbst schlägt das
größte Volksfest Schwabens auf dem „Kleinen Exerzierplatz" nicht
nur seine Bierzelte auf. Dort, wo vor etwa 200 Jahren noch Soldaten
Rechtsum und Linksum praktizierten, heißt es heute statt „Stillge-
standen": Jubilo, Gaudi, Bier und Wurst – ganz ohne Militär.
Geschossen wird nur noch mit dem Luftgewehr an der Schießbude.
Apropos: „Größtes Volksfest Schwabens" – ein Festwirt hat sich bei der
Toilettenbeschriftung wohl vertan. Statt schwäbischen *Buaba* und
„Mädla" gehen bei ihm auf altbairisch „Buam" und „Madln" auf den
Topf.

Doch das Resultat ist das gleiche – egal in welchem Dialekt.

Mein Mini-„Woodstock"

Zu den Gaswerk-Konzerten oder Bob's Rock-am-Kiez
ist meine Veranstaltung natürlich wie eine Streichholz-
schachtel im Vergleich zum Beispiel dem Burdsch
Khalifa-Wolkenkratzer in Dubai mit seinen über 800
Metern Höhe. Trotzdem veranstalte ich mein
inoffizielles Mini-„Woodstock" (Spätgeborene lesen
dieses Wort am besten bei einer Suchmaschine nach)
seit drei Jahren im Frühsommer. Nein, erst zwei Mal –
einmal hat es geregnet wie aus Kübeln (auf Schwäbisch:
s'hot Kitza'boi'la g'hagelt).

Die Grünanlage auf der Westseite des H.'er Seitzsstegs ist total runder-
neuert und wurde dank der Stadt Augsburg richtig fein herausgeputzt.
Es erscheint fast wie ein schnuckliges, kleines Amphitheater – inklusive
Panoramablick auf die Wertach.

Mein Freiluftauftritt – quasi eine kostenlose Liebesbezeugung für H. findet
ganz ohne Ankündigung statt. Einfach hin, Gitarre umgehängt und dann
losgesungen: Balladen, Blues und *‚a' bissle'* Rock'n'Roll': natürlich
Schwäbisches.

Und passend zu H. singe ich auch Fremdländisches wie das türkische „Bedava yasiyoruz" (Wir haben alles umsonst) und „Aisha", einen Schmachtfetzen des algerischen Musikers Cheb Khaled.
Letzterer gilt so ein bisschen als der „Elvis Presley" der arabischen Musikwelt. Doch ehrlich gesagt singe ich nicht die arabische Version, sondern schlicht auf Französisch.

Das Publikum?

Total überschaubar und völlig ohne Gedränge: die Radfahrerin auf Entdeckungsfahrt entlang der Wertach, sogar ohne eBike. Ein einzelner Herr, der sich wohl verirrt hat. Dann ein vorbeispazierendes Kurzzuhörer-Pärchen. Eine Sportlergruppe auf Langlauf-Pause. Ein junger Mann aus Algerien, der natürlich Cheb Khaled kennt. Und ein noch älterer Herr als ich aus Anatolien,, den wahrscheinlich mein türkisches Lied angelockt hat. Und tatsächlich vier Bekannte von früheren Veranstaltungen. Toll!
Nächster Termin? Vielleicht? Wenn das Amt für Grünordnung sein „grünes Licht" gibt. Doch welche Lichtfarbe sollte denn ein Amt für Grünordnung sonst haben?
Sollte es stattfindet, dann nachschauen > www.sonimages.de/hoi.php

Und H.'s echte Berühmtheiten?

Ist H. ohne Bert Brecht oder Bert Brecht ohne H. möglich? Wie könnten ein Arbeiterviertel wie H., das sogar auch Kommunistenviertel genannt wurde, oder Brecht, als dem Kommunismus Nahestehender spurlos an H. vorbei kommen? Natürlich überhaupt nicht!
Und so weiß Prof. Dr. Jürgen Hillesheim von der Brecht-Forschungsstätte der Stadt- und Staatsbibliothek Augsburg: im Brecht-Theaterstück „Trommeln in der Nacht" spielt ein Anstreicher namens Kragler aus H. eine bedeutende Rolle.

Aus der weiteren Liste der H.'er Berühmtheiten seien drei unterschiedliche Personen aus verschiedenen Lebensbereichen vorgestellt: der Komponist Werner Egk, die Blindenschullehrerin Dr. Marianne Schuber und Walter Seinsch, den ehemaligen Präsidenten des heutigen Bundesliga-Fußballclubs FC Augsburg.

Der Komponist Werner Egk, geboren 1901 in Donauwörth. 1908 zog die Familie nach Augsburg Oberhausen. Als namhafter Komponist schuf er unter anderem Werke wie „Peer Gynt" oder „Die Zaubergeige". Zunächst wurde Werner Egk Namensgeber für eine Grundschule in Augsburg.

In jüngerer Zeit machte man sich Gedanken wegen seiner Rolle im Nationalsozialismus. Deshalb wurde die Grundschule in Augsburg-Oberhausen-Mitte umbenannt.

Ein besonderes Kleinod ist das „*Oberhauser Museumsstüble*", das inzwischen im Ofenhaus des Gaswerks eine neue Heimat gefunden hat: Am Alten Gaswerk 8, Eingang Brecht-Bühne, 3. Stock, Künstlerateliers Raum 0.5 h - www.oberhauser-museumsstueble.de Dr. Marianne Schuber hat als Blindenlehrerin wesentlich das Sehbehinderten- und Blindenzentrum e.V. in Unterschleißheim mitgeprägt. In Privatinitiative hat sie sich 2002 zur Aufgabe gemacht, die Geschichte Oberhausen's und H.'s in einem *Museumsstüble* zu präsentieren. Hier scheint die Zeit stillgestanden zu sein. Daher wird Frau Dr. Schuber gelegentlich liebevoll auch „Gedächtnis des alten Oberhausens" genannt. Bei Veranstaltungen erzählt sie über Menschen und Geschichten zur Stadtteilentwicklung. Spannend finde ich Lesungen aus ihrem Buch: „Das Leben ist schön. Von einfach war nie die Rede." Das enthält Geschichten über Frauen aus den letzten beiden Jahrhunderten. Historische Funde und Gegenstände aus den 1800er Jahren, Fotos, Dokumente, Zeitungsberichte aus früheren Zeiten. Skurril: Sterbebildchen früherer Mitbürger. Wahrhaft ein Erlebnis für Jung und Alt – nicht nur für H.-Bewohner. Frau Dr. Schuber wurde zu recht mit dem Augsburger Zukunftspreis Stadt Augsburg ausgezeichnet.

Manchmal darf man die Grenzen H.'s schon ein bisschen großzügiger fassen. Vor allem, wenn die dadurch einbezogenen Menschen Besonderes, ja Beispielloses geleistet haben. Also dehne ich H.'s Grenzen ein bisschen nordwärts aus., zum FCA-Platz. Ich möchte über Walther Seinsch schreiben, was in der Kürze meiner Zeilen seiner Leistung eigentlich nicht gerecht wird. Walther Seinsch war ein sehr erfolgreicher Steuerberater und Geschäftsmann. Im Jahr 2000 kam er nach Augsburg und nahm sich des damaligen Viertligisten FC Augsburg an. Als Vorstandsvorsitzender des Clubs entwickelte er die Vorgaben: Aufstieg in die 1. Fußball-Bundesliga sowie Bau einer neuen Fußballarena. Im Gegensatz zu manch anderen „Visionären" erreichte Walther Seinsch auch wirklich seine angestrebten Ziele:

Erfolg 1 - das neue Stadion wurde am 26. Juli 2009 eröffnet. Der Fußballclub hatte sich inzwischen in die 2. Fußball-Bundesliga emporgearbeitet.
Erfolg 2 - im Mai 2011 stand der Aufstieg des FC Augsburg in die erste Liga fest und wurde am letzten Spieltag Realität. Es war der größte Erfolg des FCA während der Präsidentschaft von Walther Seinsch und des Fußballclubs in seiner ganzen Geschichte. Walther Seinsch wurde 2015 mit einstimmigem Stadtratsbeschluss zum Ehrenbürger von Augsburg ernannt.

Alles ist in Bewegung

So mag sich manche Textstelle vor oder nach Ihrer Lektüre nicht mehr im Originalzustand präsentieren, mit einem anderen Namen vorstellen oder auch verschwunden sein. Oder um es philosophisch zu sagen: "Das einzig Beständige ist die Veränderung."

Zeit kennt keinen Stillstand. Also, bleiben Sie entspannt – wir bewegen uns schließlich alle in äußerst schnelllebigen Tagen …

Heim zu Mama!

Die Einmündung des H. in die Wertach einige Meter hinter der Dieselbrücke ist ein bisschen wie die Wiedervereinigung von Gebärerin und ihrem Kind. Fast so wie im Lied von Paul Simon: „Mother's and Child Reunion" (Die Vereinigung von Mutter und Kind)

Der H. und die Wertach sind wieder eins!

Der Autor

Normalerweise wird über den Autor ganz vorne im Buch oder prominent im Klappentext der Buchrückseite berichtet.

Gustl Mair braucht keine derartige Ehrung. Hat er doch das Gröbste schon hinter sich. Er ist nicht nur „Zeitzeuge", wenn es um H. geht. Schließlich hat er in diesem Stadtteil in Summe mehr als 10 Jahre - verteilt über 40 Jahre - zugebracht. Und als „Ortszeuge" hat er H.-Nord, H.-Mitte und H.-Süd als Schul-, Wohn- und Arbeitsort erlebt. Arbeitsort natürlich nur für diejenigen, die Stadtführungen auch als Arbeit betrachten. Außerdem durfte er beruflich und privat weit in der Welt herumkommen. Deshalb ist für ihn fremd auch völlig normal – wie eben in H.

Derartig vom Glück begünstigt muss man nicht immer in die erste Reihe drängeln, sondern kann schon mal hinten anstehen …

Mein Hetta'bach-Lied

von Gustl Mair

Muasch' net unbedingt singa' – geht o' als Gedicht

So manch'r sagt, du bisch' d'r Augschburger Abort.
Und immer mehr Deitsche', diæ'zia'h'n von dir fort.
Wo ma' vor'm Plärrer parkt und bieselt no' danoch.
I' glob' s'gibt koine Fisch' im Hetta'bach.

Aramäer und d'r Türk' si' am Wertachufer sonnt.
Multikulti find'sch an jedem Eck bis zum Horizont.
Wo von d'r Wertach Moosg'ruch aufschteigt und macht di' schwach
I' glob' s'gibt koine Fisch' im Hetta'bach.

No' vor über fuchz'g Johr warsch' du fescht in deitscher Hand.
Aber d ei' Bewohnerschaft war net grad elegant.
Arbeiter –Kommunischta'-Viertel, des war de i' Ruf.
Und d'r Blaumann hängt in jed'm Hinterhof

Oberhauser Bahnhof, du bisch' do' s'Tor zur Welt.
Auf Hetta'bacher Strossa' wird d'r Haller Fuæßballheld.
Seit eh und je æ' Boiz' unter jed'm zwoita' Dach.
I' glob' s'gibt koine Fisch' im Hetta'bach.

Neilich mit'm Radl sitz' am Seitzschteg auf d'r Bank
Blinz'l auf zwoi' Orient'muttis, dia war'n net grad schlank.

Auf oimol steht d'r türkische Lada'besitzer vor mir
Und er streckt m'r zwoi Äpfel hi'.
Und dann sagt'r: „Du essen!"

I' denk, echta' Gaschtfreindschaft, ja des isch' a' Sach'.
I' glob' s'gibt koine Fisch' im Hetta'bach.
Dafür gibt's an haufa' nette Leit' am Hetta'bach ….

Melodie
Als Video in youtube geplant – Bis dahin Kurzfassung erhältlich als MP3-Mailanhang
bei info@sonimages.de

Gustl Mair

Halt mich ! *Dein Handy*

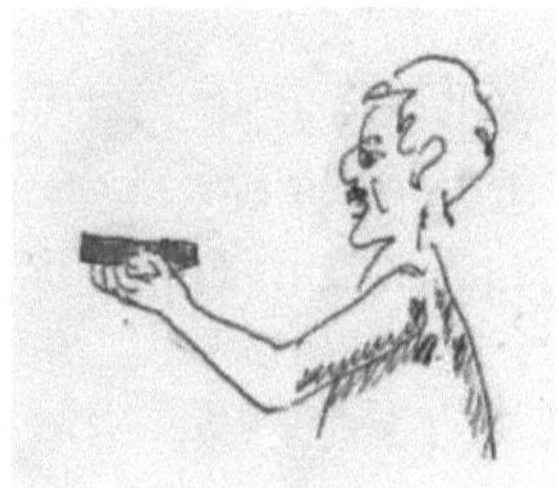

Pizza- oder Butterbrot-Haltung

35 Haltevarianten & Geschichten für Handytelefonierer

Im Buchhandel & vielen eBook Shops

108 Seiten, 36 Farbabbildungen ISBN-Nr. 9783757885861 Buch € 12,00 –
9783769365399 eBook € 5,49 - BOD-Verlag, Norderstedt

Das BilderPostkartenBuch ist erhältlich bei
Klang & Bilder – info@sonimages.de – T. 0821/4534367

FSC
www.fsc.org
MIX
Papier aus ver-
antwortungsvollen
Quellen
Paper from
responsible sources
FSC® C105338